열아홉 독립일기

일러두기

만화적 표현을 살리기 위해 작품 속 일부 맞춤법 및 표기는 원작의 표기법을 따랐습니다.

날씨 ☀ ☁ ☂ ⛄   글·그림 션샤이

열아홉 독립일기

대	한	민	국		열	아	홉

독	립	해	서		살	아	남	기

마인드빌딩

소중한 시간을 들여 저의 첫 책인 《열아홉 독립일기》를 펼쳐주셔서 감사합니다.

미성년자가 홀로 타지 생활을 한다는 게 고생길인 걸 알면서도, 당시 저는 결심을 굽히지 않았어요. 삶의 지혜를 배우고 스스로 살아가는 법을 익히고 싶었거든요. 어릴 때부터 동네를 벗어날 일이 없었기에 대도시 상경 후, 발길 닿는 곳 전부 설레는 여행이었답니다.

하지만 막상 지낼 수 있는 곳은 한정적이었어요. 푼돈으로 모은 몇백은 평범한 집의 월세 보증금으로도 부족했으니까요. 저도 구옥을 좋아했던 건 아니었답니다.

그래도 마냥 슬퍼하기보단, 형편을 온전히 받아들이고 지금의 자리에서 행복해지는 법을 찾기로 했죠. 제가 있는 곳을, 사랑하는 것들로 가득 채우기 시작했습니다.

처음 그림에 제 이야기를 담기 시작한 건 독립한 후의 시점, 바로 열아홉이었어요. 책 출간을 앞두고 이 글을 쓰는 지금, 저는 어엿한 스물한 살이 되었네요. 세상에 사연 없는 사람은 없다는 말, 유명하죠? 돌이켜보면 저의 십대도 사연으로 빼곡해요. 제 사연 속 한 챕터를 당신께 드립니다.

무수한 인생의 갈림길 속에, 내 마음의 지도를 따라가기로 했다.
찬란한 청춘이 마무리되고 일기를 다시금 펼쳐보았을 때
반짝이는 눈동자로 이 시절을 회상하길 바라며.

선샤이

당신은 정말
멋진사람입니다.

CONTENTS

1장 햇살 좋은 날
어두울 땐 새 등불을 밝혀

친구들이 등교를 할때
저는 일터에
나가고

일과를 마친 후엔
고요한 자취방에 들어옵니다

이따금 가시 돋친 말들이
괴롭히기도 합니다만

겨우 이거
별거 아니야

니 잘못은 너도
분명 있어.

창피해

나이가
어려서.
이제 안
나와도 돼요

그러니
그모양으로 살지.

이불 꼭 덮고 한바탕
울고 나면 괜찮아집니다.

막연히 돈을 모읍니다.
나중에 하고 싶은 일이
생기면 곧바로 도전하기위함
이지요. 1달에
백만원
이상 저금
하기

이런 저런 만화속에
담아보려합니다.

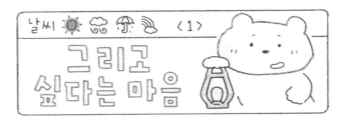

날씨 ☀️ ☁️ ☂️ 🌬️ 〈1〉

그리고
싶다는 마음

열아홉인 제가 짐을
꾸려 독립을 시작하게 된건

건물들이...
엄청 높다!!

지하철
너무 신기해

18살이 되던 해, 저의
적성을 찾으면서 부터
였을지도 몰라요.

태어날 적 부터 조부모님
아래 자라온 저는 할머니의
유일한 보배였어요.

초등학교 참관수업날, 담임
선생님께서 전해주신 말씀에

몇번이고 감동하시던
할머니와 마주잡은 손은

오래도록 잊을수가 없었어요.

그 후 어딜가든 모범이 되고
착한사람이 되어, 자랑스러운
존재가 되겠단
일념으로 열심히
달렸지만

공부에 대한 의무감 때문에
좋아하는것들과 사랑하는분야를 두고
제 눈을 가리기 급했지요.

(불안)

이러고있어도
괜찮을까?

방학 끝나면
다 버리자..

스티커로
다이어리
꾸미기

하고픈걸 하며 살 수없다는 결론을

손재주 좀 있다고 예체능 하려는건 아니지?

성
적

전교 일등
했어요!!

공기업 초봉이 이백 이래.
그쪽으로 준비 시작해라

당연시 여기며 지내온 시간들은

더 이상 좋은 점수를 받아도
기쁘지 않을 정도의 무력감으로
저를 빠뜨렸어요.

네..

목표없는 평범한 고등학교
생활을 하던 중, 꿈은
의외의 순간에 찾아왔어요.

카톡을 즐겨하시던 할머니를
위해 직접 만든 이모티콘을
선물하고 싶었지요. 고맙다잉~

그렇게 홀씨 같은 호기심에 시작했던 이모티콘작업은

처음 느껴보는 설렘과 감정을 알려주었어요.

줄지어 미승인을 받았지만 딱히 개의치않았어요. 즐거웠으니까요!

미승인	오픈스튜디오 움직이는 이모티콘
미승인	오픈스튜디오 멈춰있는 이모티콘
미승인	오픈스튜디오 움직이는 이모티콘
미승인	오픈스튜디오 움직이는 이모티콘
미승인	오픈스튜디오 ㅣ는 이모ㅣ

아.. 암오께..!!

열정 넘치게 보낸 쏜살같은
한달이 흐르고,

10번의 미승인 끝에
첫 승인을 받게 됐어요.

하고싶은걸 하며 맺은 결실은
저의 인생관을 완전히 흔들었죠.

실력있는
캐릭터 작가
가되고싶어
...!

좋아하는일을
하며 살거야!

그림을 그리며 살고싶다는 마음은
인문계 고등학생이었던 저를

XX입시미술

너는 진짜
열심히 해야돼

24

자연스레 미대입시생으로
연결지어 줬어요.

귀여운 그림만
그리면 어디가서
근본없다는 소리
듣는다? ㅋㅋ

왕복 두시간을 등하교하며
미대입시를 준비하는건 꽤나
고된 일 이었어요.

운없는 날은
한시간동안
서서탑승

끄응

멸없는 버스를
붙잡기위해
매일 해뜨기
전 일어나 ↗
5:30 AM
삐 삐 삐

크아..

하교 후엔 곧장
미술 학원으로
향했고

새벽을 지나 별마저 고요해지면
비로소 하루일과를 마칠수 있었죠.

그래도 자유로이 마을을 거니는
고양이들의 모습은 홀로 걷는 밤길을
달래췄어요.

하지만 이러한 생활 패턴은
유약한 신체를 점차 괴롭혀왔고

불안감은 저를 꽁꽁 싸맸어요.

몇달후 가정형편은
급격히 기울기시작했어요.

돈의 갈증은 메마른 현실을
눈물로 채워 우울의 강을 만들고

주변의 채찍질은
회의감마저 들게했죠.

유독 차고 시린 열여덟의
가을이었습니다.

애들아.. 난
앞으로 어떻게
해야해?

기울어진 가정형편으로
미대입시를 포기하게 됐을땐
아득한 어둠이 찾아왔어요.

마냥 도망치고 싶던 날, 막연히
홀로 버스에 올라 바다를 만나러
갔어요.

웅크려 마주한 바닷속엔
조그만 바닷게들이 치열히
움직이고 있었지요.

넘어짐은 새로운
시야를 만들고

또 다른 길을 여는 힘을 준대요.

그 후, 하고싶은 건 모두 도전하리란
마음으로 바삐 움직였던 것 같아요.

하고픈걸로 꽉 찬 경험은 매일을 설레게 했죠

물론 세상엔 참 다양한
사람이 존재한다는것도 알게
됐지만요...ㅎㅎ

진청하세요 ㅠㅠㅠ

아 구상 줘!!
나 못믿는거야 엉???

하지만 문득, 진전 없는 뜀박질을
하는 공허한 기분이 들었고,

문구마켓을
하는데 정작
소품샵이나
일러스트페어를
한번도 못가 봤어
..

안녕하세요~
오늘은 소품샵두어
해볼게요!

더욱 넓은 세상이 궁금해졌어요.

그렇게 열아홉살이 되던 해,
따스한 봄이 오기전.
저는 큰곳을 향해 나아갈 준비를
시작했어요.

그래,
부딪혀
보는거야
...!!

날씨 ☀️ ☁️ ☂️ 🌬️ 〈1〉

열아홉,독립

미성년자의 신분으로
독립을 하는건 만만치
않은 일이였어요.

식비를 더
줄이자..

알바를
하나 더
구해야겠어

도시의 청춘들은 너무도 많은지라
면접조차 어렵기 일쑤였고

철저한 이익중심 세상에서
열아홉이 할수있는건 눈물을 흘리는
일 뿐이었죠.

XX 학원

배우고 싶었던
학원이 많다..!!

결국 돈이 없으면 어디서든 할수있
는게 없네..라는 결론이 참 씁쓸했어요

아. 예..ㅎ

아~ 국비지원 말고
입시 커리큘럼 들으세요.
솔직히 대학 안가면
사회에서... 어쩌고

비웃은 오빠 미어요

먹고 싶지만 나한텐
사치겠지.. 흥.. 하자

그래서 더
악착 같았어요.
조금은 무모할
정도로요.

우와아..
맛있겠다

일년 남짓 사이에
정말 많은 환경을
경험 했죠. +

이력서

<경력>

XX국수, A카페, 편의점,
B카페, X보쌈, 레스토랑
독서실 청소 ...

39

결국 물 빠지듯 흐르는 생활비를
감당하면서도 3달만에 보증금을
모을 수 있었어요. 당연히 제가 감당해야죠ㅎㅎ

'세상은 살아가는게 아니라
버텨가는 거구나. 고통 받지
않는게 진짜 행복이구나' 생각했죠.

십대의 저를 다시 만나게 되면
꼭 전해주고 싶은 말이 있어요.

그때 만난 세상은 너의 잘못이
아니라고. 지금의 나는
단단한 마음으로 편안히
잘 살아가고 있다고

그러니 조금은 덜 울어도
된다고 말이에요.

수고했어

2장 바람 부는 날
열아홉, 혼자 산다는 것

날씨 ☀️ ☁️ ☂️ 🌬️ 〈2〉

집을 구해라

독립을 위해 처음 시작한건

역시나 보금자리를

찾는 일이었습니다.

거의 월
4~50..

집방

보증금
1000

월40만

이런..
꿈도 못꿀
정도야..

괜찮은 곳을
발견 했다 싶으면

관리비가 반갑게
인사해줬고..

지금 살고있는, 보석같은 집을
발견 했답니다.

30년 세월이 담긴,
할아버지가 운영하시는 빌라.

그렇게 열아홉살 봄,
저의 독립이 시작되었습니다.

원룸 전체에 뒤덮인
검은 콩들의 정체는 바로..!!

벌레의 배설물이었습니다

문제는 많아도 너무
많다는것..

< 집안 전체 >

(이건 너무
하잖아..!

서랍 안

침대 밑

심지어 냉장고는 음식물을
넣으면 안될 비주얼이었죠.

오우..

아우...

호우..!

이 광경을 멍하니
바라볼수만은 없었지요.

벌레응가

귀귀함

묵은 때

그냥
더러움

청소업체를 부르거나
다른집을 찾을수도 있지만

다른집...??

당시엔 그런 선택지를
전혀 두지 않았습니다.

제 형편엔 그저 사치라는
생각 때문이었습니다.

생각보다 청소를 시작하는건
어렵지 않았답니다.

그렇게 하게된 ㅠ주간의
대청소 프로젝트!!

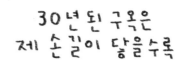

30년된 구옥은
제 손길이 닿을수록

점차 청결함을
되찾았고,

이곳을 제가 좋아하는 것들로
가득 채우고 싶었습니다.

헬로키티

월넛가구

식물

날씨 ☀ ☁ ☂ 🌈 〈2〉

나의 공간

열아홉살, 첫 자취를 시작한
공간은 30년의 세월이 담긴
허름한 구옥이었어요.

- 여기서
사람이 진짜
- 살았다고
...?

(충격..

집 상태는 꽤나 처참했어요.
한두번 닦아선 해결되지 않는

먼지더미들은 마치 폐가 같았죠.

하지만 낡은 집에서 산다고,
허름한 마음으로 지낼 필요는 없는
거잖아요!

저는 이 공간을
제가 사랑하는
것들로 가득
가꾸기로
결심했어요.

훗날 시간이 흘러
추억이 되면,
이 집과 함께
여서 행복했다고
떠올릴 수 있도록요!

이때 참 좋았지 ㅎㅎ

그러나 새로운 가구를 사는건
사치가 아닐까 하는 생각이,

동장난것들 봐~

지금은 최소
비용으로 가는게
최선이야. 역시
내 욕심인가..

속상함과 함께 저를 잡아두었어요

문득, 세월을 머금어 그렇지 본래
형태는 무척 멋스럽게 느껴졌어요.

난생 처음 구매한 시트지로

한면 한면 제 손길이 닿으니
결과는 상상 이상이더라구요!

월세, 생활비, 앞으로 감당할 비용에
제가 택한 방법은 주인없는
가구를 직접 받아오는 것이었어요!

감사드려요.
ㅎㅎ 소중히
잘 쓸게요!♡

몸집만한 책상을 힘겹게 운반
하는 기분은 마치..

조..
조금만
더 버티면
된다..!

영차

영차

비탈길을 걸으며 한가득 나무를
해오는 나무꾼의 심정이랄까요?

대형택시에 오르고 집앞에
다다르고서야 실감이 나더라구요

그렇게 까지 해야겠느냐고, 무모
한 도전이라 말리는 주변이었지만

집안을 차곡차곡 채워가며
제가 얻은 것은, 단순 꾸밈만이
아니었어요.

비록 저 멀리 돌아 혼자 걷는
차선의 길일지라도

결심만 있으면 불가능한건
없다는 용기의 샘을 솟게
해주었어요.

공간을 꾸미는일을 좋아하는지라
그후로도 주인 찾는 소품을 만나기위해

이곳 저곳을 다니며 좋으신 분들도 가득 만날 수 있었답니다.

주로 방에서 소소한 시간을
보냈던 저는, 🎵
작고 아담한 ♪
작업공간을 ∿ °∘

마련하고
싶었어요.

구석을 좋아하는 성향은 주거공간
에서도 발휘 됐죠. ◇

방법을 고안하던 중,
번뜩! 벙커침대가 떠올랐어요.

마침 집에 있던 침대 몸집이
산만한 탓에

썰렁~

다소 난감했던 참이었거든요.

당근마켓에서 귀여운 가구를
가져왔던 기억을 되살려

좀만 고생하면
되니까!

ㅎㅎ

조립형 벙커침대
○○동 직거래합니다

이번 역시 알뜰히 마련하기로 했죠

71

따스해진 마음덕에 차가운
방안에 열기가 도는듯했어요.

그렇게 빼곡히 완성된 나만의
공간은, 애정어린 친구
같은존재가 되었어요.

날씨 ☀️ 🌥️ ☔ 🌬️ 〈2〉

자취생의
난제. - 물

자취생에게 물이란
큰 난제입니다.

캬 아

물맛
좋다!

갈증이 나면 때마침
동이 나있고

왜 항상 목마를
때마다 없는
거야??ㅠㅠ

그니까 미리
미리 사슈..

며칠사이에 페트병은
산더미처럼 쌓여옵니다.

그래서 최근엔 보리차를
끓여먹곤 하는데요.

사실 얼마나 갈진
잘 모르겠습니다.

자취 소식을 전하면
꼭 받는 물음 한가지

저는 원낙에 겁이 많던 사람인지라

문득 고민스럽기도 했습니다만

막상 혼자 살고보니 쏟아지는 현실에 치여

눈에 보이지 않는 귀신은 조그만 상상에 불과했지요.

하나둘 무너지는 저와
마주하는중입니다.

피곤~ Z Z Z

흥 가자

열동네
어때

날씨 ☀️ ☁️ ☂️ 🌬️ 〈2〉
자취생의
난제③ -식재료 ⛵

자취를 시작하고
새로이 알게된것은

식재료는 생각보다

훨씬 빨리 상한다는 사실입니다.

그리고 화장실은 정말
쉴틈없이 더러워지더군요.

이제야
알게 됐나 봅니다.

자취 후 반려동물과
떨어진다는건

생각보다 다양한
감정을 접하게 해줍니다.

무탈히 잘지낸다는 안도감

마냥 보고싶은 그리움

아무 이유 없이 웃게하는 애틋함

그리고 하루빨리 책임질수 있도록,

애들 데리고 어디든 드라이브 가기

항상 같은공간에서 함께하기

저를 성장케하는 원동력이 되어줍니다.

내 삶에 찾아와줘서 고마워, 사랑해 ♥

날씨 ☀️🌧️☂️🌈 〈2〉
자취생의
난제. -끼니 ⛵

자취후, 반강제
다이어트 중입니다.

*₊ ✝

-kg

빠지랄땐
안빠지더니...

알바했던곳이 이른아침
출근하여 낮3시쯤 끝났는데,

그사이 30분 휴게시간 동안 배를
채우는일은 참 애매했습니다.

느즈막 4시쯤 집에오면

그제야 끼니를 채워봅니다.

차가운 요리를 데운 터라
맛있는 한끼이진 못하더군요.

신선한
집밥 그립다..

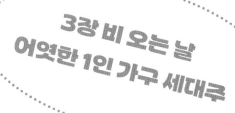

3장 비 오는 날
어엿한 1인 가구 세대쿵

열아홉, 아르바이트

부푼 꿈을 갖고 시작한
대도시에서의 독립은

가보고 싶은
전시회가
가득!!

그림작가를 위한
편의시설도 많다!!

참여하고 싶은
프로그램이
정말 많아!
정말 많아!

일러스트 페어를
직접 가볼수있어!

순탄치만은 않았습니다.

배우고 경험하는 것은

돈을 필요로 했고

큰 도시에서 일자리를
구하는 건 정말 쉽지 않았답니다.

꿈을 가진채 올라왔지만
현실은 돈벌이의 연속이었죠.

나만 참으면 된다는 일념은
저를 그저 바보로 만들었습니다.

이번에는 제가 알바를 하며
겪은 일들을 풀어볼까합니다.

돈벌기
힘드네..

그런데
더욱 이상한 점은.

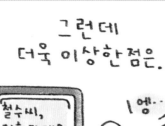

처음 온 문자에 제 이름이
없었다는 것이었죠.

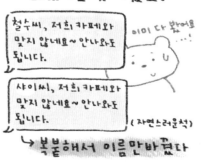

다른 분께 보낸걸
그대로 전달한듯 했습니다.

결국 해고사유는 나이였고,
긍정적으로 생각하기로했답니다

하지만 그땐 몰랐습니다.
계속해서 연락이 올것을요..

해고 뒤, 사장님의
문자는 다소 황당했습니다.

다짜고짜
저를 고용(?) 하시고는

저희가 고민 끝에 사이씨를
고용하기로 결정했어요!

인심 썼다는듯. 이상한
근로 조건을 제시하였죠.

인 심 (?)

하루에 한시간만 근무하시고,
실력 쌓이면 시간 늘려줄수도있어요~

내일부터
출근 하세요!
수습기간은
최저시급 90%
어쩌고~

저기..
제 의사는요?

최대한 정중히 거절했으나

(답장 쓰는중)

제가 4시간 이상 근무지를 찾고 있어서요. 죄송합니다 T.T

1시간에 교통비 빼면 남는것도 없다구요..!

잊을만 할때 마다

이시간에 누구지?

멸.주.두.

잉?

♫♪~

계속해서 문자가 왔고..

feat.
계속 떠있는
알바공고..

새로운 알바가 마음에 안들면
연락하는 것으로 추정됩니다.

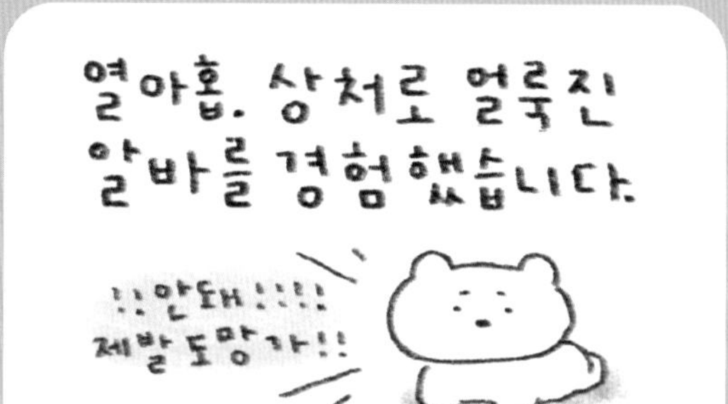
열아홉. 상처로 얼룩진
알바를 경험했습니다.
!!안돼!!!!
제발 도망가!!
어? 여기
지원해볼까?

새로이 일하게 된 곳엔
먼저 온 동료가 있었습니다.

안녕
하세요!

동료 →

설렘을 가득 안고, 최대한
예의를 지키며 다가갔죠.

네넵
알겠습니다ᄒᄒ/

/ 테이블
닦자

친해지고
싶어!

그러나 그것이
화근이었을까요.

정신 없이 손님이 많아지자
그분은 돌변하기 시작했습니다.

알바당시 저는 그분의
감정 받이였습니다.

손님이 많은 날은 각오를
단단히 해야했죠.

그분이 한껏 예민해지기
때문입니다.

아!! ㅎㅎ (사장님 아니고 같은 알바생..)
저거정리해 바닥청소해!!
!!!! 왜저리
못해!!

포장용기를 집어던지며
짜증내거나
(忍)
빨리 포장
해봐 쫌!!!! 퍽

손대지말라며 무안하게
만들었지요.

손님이 기다리는데..

무안..

손대
지마
!!!

음식 나왔다~!

황당한건 사장님껜 제가
주도적이지않다고뒷말을..

손대지
말라
면서요
..

사장님도 눈치 챈 듯
물음을 건네주셨습니다.

○○이랑
별일 없지?

바로 옆에 그분이 있긴
했지만요..

네
괜찮아요...

어~○○이
말 잘들고.

빤

끝도 없이 자존감은
낮아졌고, 자책도 했습니다.

쉬지도 않고 움직였는데..
내 착각인걸까?
나.. 사실 같이
일하기 싫은 알바
유형① 인거면
어떡하지..?

이런 상황에 미숙했던 저는
'나만 참으면 된다'는 일념으로
버텼고,

참자.. 내 감정보다
돈오는게 더 중요해.

그 분의 입장에서 최대한
이해 해보려 했지만

아무리 투영해서 공감하고
생각해 봐도.

결국 이해를 포기하게
되었습니다.

예상을 뒤엎고
결국 잘린건 저였습니다.

네..?

오늘까지만 나와주라

위로의 말은 되려
가혹했고

솔직히 나도 돈 땜에 이 일
하는 거거든.
재미없잖아
안그래? ㅋㅋ

무수한 감정이 엉겨붙어 무슨
말을 해야 할지 모르겠더군요.

저가

얼마나

사실 어제
새로 온 사람이
너 대신이야.

123

그분 앞에서 마지막 유니폼을
내려 놓을 땐 비참히 느껴졌죠.

그날 집으로 가는 길은
유독 길고, 외로웠습니다.

날씨 ☀️ ☁️ ☔ 🌬️ 〈3〉

첫 이사

많은 걸 경험해 보자구!

19살 덜컹거리는 캐리어에 약소한 짐을싸들고 대도시에 상경했던 저는

(설렘ㅎㅎ)

그래..!

꾹

쑥쑥

여기서 시작하는거야..!

조그만 방한칸을 구해 그곳에서 많은 요소들을 배워갔어요.

처음이라 서툴고, 서툴러서 용감
할 수 있었던 첫 자취의 일년은,
제 삶에 뚜렷한 기억으로 남을 거예요.

실은 저렴한 월세를 조건으로 계약
당시 건물이 매매 상태라는
소식을 들었지만

월세가 싼 대신
집이 팔리면 이사
준비를 해줘야
해용.

벌써 5년 가까이 그대로라
언제 팔릴지 모르겠지만 흠흠ㅋ

네넵 알겠습니다..!!

계약서

생각보다.. 이렇게나 빨리
찾아와 버릴줄은.. 허 껀 껀

세상에..!!

뭐야!

→ 재건축 소식 문자

하지만 이것도 새로운 시야를
넓힐 수 있는 좋은 징조라고 생각해요!

129

인터넷으로 사전조사를 마치고

부동산 이곳저곳을 돌며
새로 맞이할 집을 찾기 시작했어요

수없이 두드려본 출입문 뒤에는
정말 상상 이상의 집이 참 많았죠.

캐리어 하나만 들고 홀로 올라왔던
이곳에, ㅎㅎ (뭉클..)

다행히 마지막에
방문 한곳이 맘에 들어
이사 가기로 결정!

트럭을 가득 채운 짐들

이젠 트럭 하나 가득 담긴 저의
자취를 보니 기분이 묘하기도 했어요.

이곳이구나..!

(설렘)

꾹꾹 눌러 담은 1년의 시간들을
가슴 한편에 담아내고,
새로맞이할 시작에 설레어옵니다.

그러다 떠날 채비를 마칠 때쯤,
전 집주인 할아버지께서 다급히
찾아와

벌써 오늘이네요 흥흥

네 ^^
그동안 감사
했습니다.

샤이 오늘 이사
가는 날이가?

특별히 제게 꼭 하고 싶은 말이 있으
시다며, 식사자리를 물으셨답니다.

이삿짐 정리 다
끝나면 밥
한끼 먹지
않겠나?

흥흥

내 널 보면 생각나는
사람이 있어 그란다..

추적추적 내린 빗물에 도로 위가
스며들던 날, 할아버지께서
수제비 한대접을
건네주셨어요.

생각나는 사람이 있다고 하셨기에
궁금증을 안고 따뜻한 한입을 삼켰죠.

근심어린 안색으로 수저를 내려
놓으시곤, 할아버지는 천천히 입을
떼기 시작하셨어요.

으음..

사실은,

내 너랑 동갑인
손녀 한명이 있었
는데, 올 3월에 백신
부작용으로 쇼크가
와 버렸단다.

하루아침에
일어난
일이었어..

그리 씩씩하고
건강했는데··

두달간 살려보려
온갖 방법을 다 써
봐도, 그게 뜻대로
되질 않더구나.

제발, 눈좀떠다오..

뿌우이다.

그래서 샤이 너가 지나가면 깜짝
놀라곤했어. 손녀가 돌아온줄알고 말이야

이렇게 되고나니 .. 나도 정신이
아득해서 헐값에 팔아버린거란다.

누군가의 슬픔의 위로에 조금이나마
보탬이 될수있었다는것.

정말 가슴 못 할 정도로
힘드셨겠어요.

새로이 찾은 보금자리는,

우와..내가
이 동네에
살게 될줄
이야..

제가 지역에서
가장좋아하는
풍경의 동네입니다.

아기자기한 골목에 적당히
수선한 분위기, 가게마다의

특색있는 인테리어가 귀갓길을
달게 해주리란 확신이 들었지요.

모든 방면에서 만족감을 느끼며
짐을 풀기 시작했어요.

물론 이사 첫날 매번 느낄 수 있는
오싹함은 변치 않더라구요.

난생 처음 느껴보는 공포심에,
온몸이 굳어 움직이질 않았어요.

낯선 환경에 홀로 있던 첫날 벌어진
일인지라, 공포는 더욱 가중됐죠.

이십분 가까이 되어 문앞 두드림이 잠잠해지고서야 안도의 숨을 내쉴 수 있었지요.

최악의 밤이 흘러 아침이 됐을때 집주인분께 CCTV 확인을 요청했지만

결국.. 그 사람의 정체는 밝혀내지 못했어요.

정말, 정말로 우연한 취객의 장난이었다면

어젯밤 일은 앞으로 보안에 더욱 철저한 대비를 하게 될

계기로써 받아들이기로 했답니다.

153

집앞 옥상으로 통하는 문고리를 누가
반복해서 당기는듯한 소음이났어요.

심장은 발끝까지 떨어져 버렸어요.

철렁이는 마음을 붙잡고 이번엔 용기를
내어 경찰서에 바로 신고하게됩니다.

전날도 짧은 소음이 들린 후 발생
된 일이었기에

159

경고문을 붙이고난 뒤, 무탈한 시간이
흘러 지금은 두달이 지난시점이에요.

여러모로 언짢은
점이 많았지만 달리 방법은 없었어요.

어디선가 혼자 삶을 꾸려가는 중
이시라면, 약소한 긴장감이라도

상시 놓지말라고 당부 드리고 싶어요.

4장 무지개 뜬 날
가보지 않은 길로 향하자

문구 창업 도전!

18살, 문구창업을
하고서 느낀점은

하나의 완성품이
나오기까진

생각보다 훨씬 많은 시간과
정성이 투여된다는것입니다.

소비자의 입장에선
당연했던 부분들이

사소한 것들 하나하나
손길이 필요했고

자그마한 성과에도
흔들리지 않는 평정심

의도치 않은 상황을 대처
하는 유연함도 필요합니다.

이번엔 열여덟, 저의 창업
스토리를 풀어볼까합니다.

하..

마이다꾸
×
센샤이다락방

발구
스티커들?

엄청난양의
굿즈들

18살 3월쯤부터
만화를 업로드했던 저는

마음한편에 문구마켓을 열어
보고자하는 소망이있었습니다.

하지만, 꿈을 현실로 그려내
는건 결코 간단하지않지요.

밤새 방 한편에 조명을 켜고앉아
자료들을 수집했고

스티커 도안 제작은 정말
오랜시간을 필요로 했답니다.

하지만 '진짜'는
지금부터였으니..

바로 한조각 한조각, 칼선을
이어내는 작업입니다.

조금만
더..!!

마우스로 일일이
그려내야하는 칼선

그렇게 며칠밤을 지새워
마무리된 도안은

행ㅡ복

드디어 발주 할수있어..!!

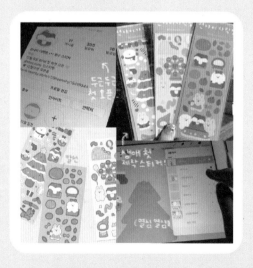

우여곡절 끝에
발주파일을 완성하고

열흘동안
쪽잠작업

밤조끔!

\ 불태웠다아… /

좀비
상태

진을 뺀 채 누워앉아
정보수집을 하였습니다.

이제 다른자료
찾아볼까~

흐아암

179

처음부터 다시 하는것이
최선이었지요.

열여덟 인생 처음 느껴보는
쓴맛이었답니다.

그후, 할머니의 말씀대로 업체는
완전히 다른 태도를 보여줍니다.

한번의 거절로 수긍
한 것은 아니었습니다.

상황과 입장을 정리하여
여러번 설득했으나

결국 할머니의 말씀대로 성인남자인 지인분께

그러지 말고 성인남자가 말하면 다르당께~

세상을 살아보니 그러드라!

안됩니다

알겠어요..ㅠㅠ

말투 딱딱하게 해봐도 소용✕

도움의 손길을 요청하였고,

여보세요? 네 안녕하세요!

어떤 상황인지 글로 정리해서 보내드렸음

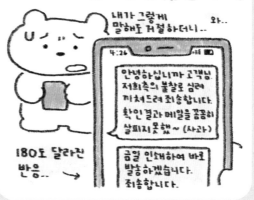

안도감 보다는 씁쓸함이
밀려왔던 경험입니다.

난 아직 세상을 전혀
모르고 있었구나..

날씨 ☀️ ☁️ ☂️ 🌈 〈4〉
생애
첫 인터뷰

19세, 생애 첫
인터뷰를 다녀왔습니다.

청소년 창업에 관한
인터뷰 요청을 받은것입니다.

서울로 향하는 버스에 올라

수십번 되뇌었던
저의 답변은

카메라에 모습이 비친 순간
반짝이듯 흩어져 버렸습니다.

그래도 무사히 마쳐
다행입니다.

사실 실감이 잘나지않는
요즘 입니다.

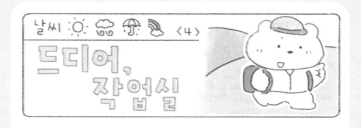

독립을 하고서부터 저의 인생모토는
주체적인 삶을 가꾸는것이었어요.

저라는 사람의 형태는, 제삶의 방향은.
오로지 저만 바꿀수있는 거더라구요.

너무 설레지 않나요? 우리에겐
하나의 삶을

어떻게든 바꿀수있는
선택권이 있어요!

저는 귀차니즘이 심한 쁘 잇프피..하지만
인생에 대한 도전정신은 누구보다 자신있죠.

꽤 이질감드는 두모습이 겹쳐 보이는 증세..

일단.해보고 판단하자!! 철저히 준비하고
고민하는 시간이 귀찮(?)기 때문에

무모해보일수있지만, 이 방법도 저만의
규칙이 나름 존재
한답니다.

바로 최악의
상황에도 감당
가능한일만
벌려놓는것!

이전 부터 누군가에게 소중한 추억을 새기는
타투라는 분야에 매력을 느껴왔는데,

문득 미루지 않고
당장 배워야겠다는 결심이 들었어요.

결심 직후 현직 타투이스트님께 찾아가
이론 부터 학습했고. 배움이 깊어 질수록

계속 도전해보고 싶다는 확신이 선명해졌어요.

타투 수강이 끝나갈 무렵에 접어들자
저는 고민에 빠져들었어요.

활동 초반에는 공용부스를 이용하여 작업을
해드리곤 했는데

홍.. 작업하려면
공용작업실에
들어가야하나?

근데 이모티콘도
하고싶고 만화도
그리고싶어..

그러려면 개인공간이 필요해..

욕심같아선, 하고싶은게 너무도 많다는 것..

저는 만화로 먹고사는
사람입니다!!
작가예요 작가라구요!

불뚝

그거 제가 만든
이모티콘 이에요
!!!

(안물어봄)

응?

만화작가로 입지를 다지는 꿈도, 인기있는
이모티콘을 창작하는 꿈도, 포기하고 싶지 않았죠.

계약에 앞서 어찌됐거나 중요한 건 월세!
감당 가능한 고정비용을 구성해야만했죠.

원하는 월세를 체크했지만 역시나.. 손가락
갯수만큼도 안되는 매물밖에 없더라구요.

복도같은 바닥재, 상처투성이인 벽면..
손 봐야할곳이 한두군데가 아니었어요.

페인트로 쓱쓱 흰바탕을 채우고 바닥엔
타일매트를 깔아줬죠

211

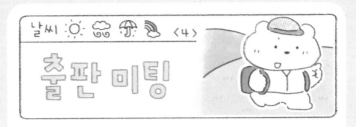

19세, 책 출판
미팅을 다녀왔습니다.

처음 그림을 시작할적 부터 책에
담고자하는 로망이있었습니다.

에세이만화

머나먼 일이라 맺음짓던
책출판의 꿈은

5장 오늘의 일기
스무살, 시작

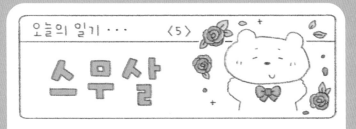

스무살

스무살이 된 소감이요?

생각보다 별거 없더라고요.

눈을 뜨면
맞이하는 햇살

붐비는 행인 속 혼자 걷는 거리도

저는 어른이 되었는데
주변은 놀랍도록 그대로였어요

새로이 알게된 점이 있다면
알콜에 강하지 못하다는 것..!?

19살부터 이른 홀로서기를 하며
일찍이 사회를 알아갔다고
생각 했는데

생각보다 저는 아직
어른이지 못 했던 것 같아요

하지만 그 모습이
썩 나쁘지만은 않아요.

제가 밟아온 선택의 길들은
시간이 지나서도 값지게
빛 날 테니까요.

큰 도시에 대한 동경과, 경험을 통해
멋진 어른으로 성장하고픈 순수함으로

우아아
신기하다
...!!

그래 의미없는
경험은 없다
잖아!

무작정 시작했던 독립생활.

인생이 항상 고운 빛 일렁이는 꽃밭
일 순 없지만, 더이상 두려울게없어요.

어떤 일이든 결국 다 지나간다는 걸
경험했거든요!

다시 돌아가 번복할수있다고해도,
저는 또 한번 세상으로 나올거에요.

이 시기의 기억은 애틋한 마음으로
고이 감싸져서

책을 한장 한장 넘겨가며
어떠한 온기를 느끼셨나요?

사실 만화에서 전달 드렸다시피,
독립은 결코 쉽지 않은 여정이었어요.

삐걱..

돈은 물처럼 흐르구요
...

집안일은
산더미..

삐걱

연재기간 동안 하루하루 소중한
응원들을 받으며, 스스로에대한

믿음을 회복할 수 있었어요.

독립툰은, 제가 가장 위태로웠을때
따스하게 포용해준 소중한 친구예요.

저마다의 이유로 어디선가
읽고 계실 독자님께도.

이 책이 따스한 포옹이 되어 준
만화였기를 바라며.

열아홉 독립일기

초판 1쇄 발행 2023년 4월 30일

지은이 션샤이
펴낸이 서재필
책임편집 김현서

펴낸곳 마인드빌딩
출판등록 2018년 1월 11일 제395-2018-000009호
전화 02)3153-1330
이메일 mindbuilders@naver.com

ISBN 979-11-92886-05-3 (03810)

마인드빌딩에서는 여러분의 투고 원고를 기다리고 있습니다. 출판하고 싶은 원고가 있는 분은
mindbuilders@naver.com으로 기획 의도와 간단한 개요를 연락처와 함께 보내주시기 바랍니다.